Alfred Grenser

Die Wappen der XXII. Kantone schweizerischer Eidgenossenschaft heraldisch, historisch und kritisch erläutert

Antigonos

Alfred Grenser

Die Wappen der XXII. Kantone schweizerischer Eidgenossenschaft heraldisch, historisch und kritisch erläutert

Unveränderter Nachdruck der Originalausgabe von 1866.

1. Auflage 2024 | ISBN: 978-3-38636-812-4

Antigonos Verlag ist ein Imprint der Outlook Verlagsgesellschaft mbH.

Verlag: Outlook Verlag GmbH, Zeilweg 44, 60439 Frankfurt, Deutschland, info@outlook-verlag.de
Vertretungsberechtigt: E. Roepke, Zeilweg 44, 60439 Frankfurt, Deutschland
Druck: Libri Plureos GmbH, Friedensallee 273, 22763 Hamburg, Deutschland

Die Wappen

der

XXII Kantone

Schweizerischer Eidgenossenschaft.

Heraldisch, historisch und kritisch erläutert

von

Alfred Grenser,

der Antiquarischen Gesellschaft in Zürich ord. Mitgliede.

Braunschweig,
C. A. Schwetschke und Sohn.
(M. Bruhn.)
1866.

Einleitendes Vorwort.

Der Schweizer mag ein nationales oder kantonales Fest feiern, welcher Art und wo immer es sei — er schmückt seine Festhallen mit den Wappenschilden, Pannern und Farben der 22 Kantone, die die Gesammtheit seines herrlichen Vaterlandes ausmachen, und wo sonst wir hinblicken, in Zeughäusern, an öffentlichen Gebäuden, auf Münzen und Medaillen der Schweiz begegnen wir vielfach den seit Alters geführten Wappenzeichen der einzelnen Gaue des Landes. Fast jeder Schweizer kennt, wenn auch nur oberflächlich, diese Bilder und weiß sie zu unterscheiden und dem betreffenden Kanton zuzutheilen; über Weiteres aber erstreckt sich seine Kenntniß wohl nur in den seltensten Fällen und die Geschichte dieser seit Jahrhunderten im Gebrauch gewesenen Landeszeichen ist ihm völlig fremd.

Auch in den meisten modernen Darstellungen der Kantons-Wappen zeigt sich oft große Unkenntniß der wahren Bedeutung dieser Zeichen und Bilder und wir begegnen da historischen Schnitzern und Verstößen gegen jede heraldische Tradition, die in nicht langer Zeit zur völligen Umgestaltung der Originale führen müssen, wie dies schon früher mit dem Baslerstab geschehen, der aus einem einfachen Bischofsstab, wie er z. B. noch auf der alten Züricher Wappenrolle aus dem Ende des 13. Jahrhunderts*) vorkommt, sich nach und nach in eine Figur umgewandelt hat, die heutzutage einer gestürzten Glockenblume weit ähnlicher sieht als dem Herrscherstab des Bischofs von Basel. Das kommt

---

aber davon, wie einer unserer kenntnißreichsten Heraldiker ganz richtig sagt, „daß heutzutage jeder Maler oder Baumeister oder Bildhauer sich vollkommen im Stande hält und berufen fühlt, in die edle Heroldskunst hineinzuarbeiten", wenn er auch noch nie seine Muße zum Studium derselben verwendet haben sollte.

Ich will nun durch nachstehende genaue und, wie ich glaube, allgemein faßliche Beschreibung der Wappen der 22 Kantone schweizerischer Eidgenossenschaft allen denen eine richtige Auffassung zu eigen machen, die sich mit der künstlerischen Darstellung derselben, sei es zu welchem Zwecke es wolle, beschäftigen oder die sonst ein reges Interesse für historisch=antiquarische Forschungen hegen.

Wir haben es hier nur mit den einfachsten Wappen zu thun. Complicirte, wie sie die meisten souverainen Staaten führen, hat die Schweiz nicht. Wie der Wappenschild vor 4 bis 5 Jahrhunderten geführt ward, so oder in wenig veränderter Weise tritt er uns in den meisten Fällen noch heute zu Gesicht. Das gilt namentlich von den Wappen der acht alten Orte.

Schild und etwa Schildhalter — andere Theile der Wappen, als Helme, Kronen ꝛc. haben wir bei der Heraldik der Kantonswappen nicht zu beobachten.

Der Schild, lateinisch scutum, französisch écu, écusson, mit seinen Figuren, ist der Haupt= und wesentlichste Bestandtheil jedes Wappens. Wie der Schild geformt ist, auf dem das Wappenbild dargestellt ist, das ist ganz gleichgültig zur Beruhigung derer, die da oft mit peinlichster Genauigkeit eine gewisse Schildform für ein gewisses Wappen festgehalten wissen wollen. Wer Gelegenheit hatte, wirkliche Wappenschilde zu sehen, wird wissen, daß die mannigfaltigsten Formen, meist dem herrschenden Geschmacke sich unterordnend, bei einem und demselben Wappen vorkommen.

Der heraldische Schild in seiner ältesten Form, im 12., 13., 14. Jahrhundert ist der Dreieckschild. Noch heute wird derselbe, mit mehr oder weniger stark ausgebogenen Seiten, am liebsten gebraucht. — Die nächstjüngeren Schilde (Mitte des 14. Jahrhunderts bis Ende des 15.) sind die sogenannten Tartschen oder Stechschilde, welche auf der einen Seite mehr geschweift sind, als auf der anderen, und auf der weniger geschweiften Seite einen tiefen, halbmondförmigen Einschnitt haben, durch welchen beim Kampfe die Lanze gelegt ward.

Gewöhnlich sind diese Stechschilde auch in ihrer Fläche etwas hohl gebogen, d. h. der Oberrand und der Unterrand stehen weiter hervor als die Hauptfläche. Manchmal sind sie auch in der Mitte noch einmal in einem scharfen Grat gebogen. — Eine dritte Wappenschildform ist die halbrunde, mit geradlinigem Seiten- und Oberrand und einem halbkreisförmigen Fußrand.

Aus den Tartschen- und Halbrundschilden bildete sich Ende des 15. Jahrhunderts eine Form heraus, die die Hauptcharaktere beider vereinigte. Es ist dies der sogenannte deutsche Schild, welcher sich von dem halbrunden Schilde durch spitzige Ecken, ausgeschweifte Seiten und Einschnitte, von der Tartsche aber dadurch unterscheidet, daß diese Einschnitte und Ecken zu beiden Seiten des Schildes angebracht sind. Allmälig mit dem Vorschreiten des Renaissancestyles finden wir mehr und mehr Künstelei an dieser Schildesform; die Ecken zeigen sich zuerst wenig, dann häufiger und weiter aufgerollt, bis endlich ein förmlicher Rahmen von Schnörkeln um den Schild sich ausbildet, der Schild selbst aber wieder eine einfache Grenzlinie erhält. Derartige Schilde heißen Rahmen- oder Cartouche-Schilde*).

Dies wären die in der Heraldik gebräuchlichsten Schilde und für die hier zu besprechenden Wappen möchten wir davon am liebsten die Dreieckschilde mit ausgebogenen Seiten, oder die halbrunden Schilde gewählt sehen, wie sie auch in dieser Form gewöhnlich geführt worden sind und noch geführt werden.

Von heraldischen Nebenfiguren haben wir hier noch einen Blick auf die sogenannten Schildhalter zu werfen. Es sind dies Figuren von Menschen oder Thieren, welche hinter oder neben dem Schilde sich befinden, gleichsam in der Absicht, denselben zu halten oder zu schützen. Der Ursprung dieser Schildhalter geht nicht wohl weiter als ins 14. Jahrhundert zurück und mag zunächst in den Siegeln gesucht werden, bei welchen der leere Raum zwischen Schild und Schriftkranz mit passenden Figuren ausgefüllt wurde. Mit der Zeit gingen diese Schildhalter aus den Siegeln auf die frei abgebildeten Wappen über und wir begegnen ihnen auf Münzen, Zeichnungen ꝛc vielfach. Laune, Willkür und Geschmack übten bei dem Entwurf der Zeichnung dieser Schildhalter die Herrschaft aus, so daß wir oft bei einem und demselben Wappen, zu einer und derselben Zeit verschiedenen Schildhaltern begegnen.

---

*) Hefner, Hdb. d. Heraldik, S. 49 ff.

Es werden in nachstehender Abhandlung mehrfache Beispiele davon vorkommen.

Zum Schluß einige Worte über die Wappenfarben. Es giebt deren in der echten Heraldik nur sechs, nämlich: Roth, Blau, Grün, Schwarz, Gold oder Gelb und Silber oder Weiß. Mit anderen Farben haben wir nicht zu thun. Es werden in der Anwendung nur ganze Farben gebraucht und zwar regelrecht nur eine Stufe von jeder derselben*). Der Grund dafür ist ein rein praktischer, denn sollte der heraldische Schild oder das Panner ein wirkliches Erkennungszeichen sein, so mußte die Bemalung oder Zusammenstellung der Farben so gewählt und ausgeführt sein, daß man die Bilder auf eine gewisse Ferne noch genau unterscheiden konnte. Das würde aber bei Farben wie etwa Braun, Blutroth, Violett, Dunkelblau &c. nicht der Fall sein, und noch weniger wäre dies thunlich, würde man z. B. einen braunen Löwen in ein dunkelblaues Feld gemalt haben.

Daher der heraldische Grundsatz, daß nur Metall (d. h. Gold oder Gelb und Silber oder Weiß) auf Farbe und umgekehrt zu stehen komme.

Eine Aufbesserung oder Erhöhung der Farben im Schilde wird oft durch die sogenannte Damascirung angewandt, wie z. B. beim Züricher Schilde. Es ist dies eine schon in den ältesten Zeiten der Heraldik vorkommende Sitte, leere Felder, namentlich größere Flächen, mit Verzierungen auszufüllen, um dadurch die Eintönigkeit derselben zu unterbrechen und zu mildern. Meist besteht die heraldische Damascirung in geschwungenen Linien mit blätter- und blumenartigen Enden, deren Ausführung ganz dem Geschmacke des betreffenden Künstlers überlassen ist. — Bei gemalten Wappen pflegt man diese Muster mit einer abstechenden Farbe auf die Grundfarbe zu setzen, entweder mit hellerer oder dunklerer, oder man setzt Metall auf Farbe und umgedreht, damascirt z. B. Gold mit Roth, Silber mit Blau, Schwarz mit Gold oder Silber, Roth mit Gold, Blau mit Silber &c.

Die Bezeichnung der Farben geschieht bei gedruckten, gezeichneten oder in Stein gehauenen Wappen, auf Münzen, Medaillen und Sie-

---

*) Man nimmt in der Praxis für Roth: Zinnober, seltener Mennige; für Blau Kobalt oder Ultramarin; für Grün Grünspan oder Schweinfurter (Arsenik-) Grün; für Schwarz Bein- oder Rabenschwarz; für Gold das der Dukatenfarbe, oder Chromgelb, auch Gummigutti, seltener Hellocker. Hefner a. a. O. S. 36.

geln, also überhaupt bei nichtgemalten Wappen durch Schraffirung. Es wird Roth mit senkrechten, Blau mit wagerechten, Schwarz mit gekreuzten Strichen bezeichnet. Für Grün gelten Schräglinien, welche vom vorderen Obereck zum hinteren Untereck gehen; Gold oder Gelb bezeichnet man durch Besetzung mit Punkten, Silber oder Weiß durch Leerlassung des Platzes.

Der Ursprung der Wappenbilder und Zeichen der Schweizergaue, wenigstens der der alten Eidgenossenschaft, fällt in eine sehr frühe Zeit. Allem Anscheine nach gingen sie aus den Pannern oder kleineren Heerzeichen ähnlicher Art, die meist im Großen zur Schau tragen, was jene im Kleinen vorstellen, hervor. Die Panner waren es, durch die sich die verschiedenen Landestheile der Schweiz beim Zusammentritt ihrer Streitkräfte erkennbar machten, um die sich die Krieger schaarten und deren Erhaltung oder Verlust im Kampfe nicht selten von größter Wirkung auf die Gemüther der Streitenden war.

Unsere Zeughäuser bewahren noch manches dieser ehrwürdigen Denkmäler unserer Vorzeit als Erinnerungszeichen der tapferen Kämpfe der Vorfahren, über deren Häupten sie siegreich weheten.

Die Farben dieser Panner und Feldzeichen gingen aber nicht nur auf die Wappenschilde der Gaue über, sondern erstreckten sich auch auf die mannigfaltigsten Gegenstände, welche mit der Landesherrlichkeit in Verbindung standen. So zeigen die seidenen Schnüre, mit denen man das Siegel an den Urkunden befestigte, jedesmal die dem Kantonswappen entsprechende Farbe, diejenigen von Zürich, Luzern und Zug sind weiß und blau, die von Schwyz*), Unterwalden und Solothurn weiß und roth, die von Basel, Freiburg, Appenzell weiß und schwarz, die von Uri gelb und schwarz, 2c. Ebenso trugen die Krieger und die Waibel der verschiedenen Behörden Kleider oder Mäntel in den kantonalen Farben, ein Brauch, der sich bei den letzteren bis auf unsere Tage erhalten hat.

Wir gehen nun zur Beschreibung der Wappen der einzelnen Kantone über und knüpfen an dieselbe historische Notizen über das Entstehen, das Alter und verschiedene Vorkommen derselben.

------

*) Schwyz auch ganz roth.

Das Wappen des Kantons **Zürich** (Tigurum) ist ein schräg ge=
theilter, oben weißer, unten blauer Schild.

Die älteste Beschreibung dieses Wappens giebt Albert von
Bonstetten in seiner 1478 verfaßten Descriptio Helvetiae*) mit
folgenden Worten: „Clipeus ferme indirecte divisus in superiori
parte albo et inferiori blavio coloribus simpliciter depictus.“

Wann die Züricher angefangen haben, diesen Schild zu führen,
ist nicht zu bestimmen; aus den alten Jahrbüchern ist indeß ersichtlich,
daß sie bereits im dreizehnten Jahrhundert, wenn ihr Gebot
zum Reichsheere stieß, sich jener Farben bedienten. Man kann also mit
aller Wahrscheinlichkeit die Annahme derselben in eine höhere Zeit, etwa
ums Jahr 1200, hinaufsetzen.

Gewöhnlich ist das blaue Feld des Wappens damascirt, oft auch
beide Felder, was indeß nicht wesentlich ist.

Als Schildhalter findet man in älteren Abbildungen bei dem
Züricher Wappen einen aufrechtstehenden (goldenen) Löwen, der mit der
einen Pranke ein gezücktes Schwert schwingt, mit der anderen aber ent=
weder den Schild hält, oder, wie z. B. auf Münzen**), den Reichs=
apfel auf den Schild legt. — Gemalte Glasfenster, die ich in Zürich
sah, zeigten zwei gegen einander gewandte Tartschen=Schilde mit dem
Züricher Wappen, in dem einen die Theilung schrägrechts, im anderen
schräglinks, beide Felder damascirt. Ueber diesen beiden Zürich=Schilden
schwebte ein kleinerer gelber Schild, in welchem der schwarze doppelköpfige
Reichsadler sich zeigte, und letzterer Schild ward gehalten von zwei
goldenen Löwen, während das Ganze von einem grünen Lorbeer=
kranze eingefaßt war. Diese Fenster stammten aus dem Ende des
16. Jahrhunderts.

In neuester Zeit***) wird als Schildhalter ein Löwe gebraucht, der
statt des Schwertes einen Palmenzweig in der Pranke hält.

Münzen von 1814 zeigen den schräggetheilten Kantonsschild von
einem Palm= und Lorbeerzweig umgeben.

Die Züricher Kantonsfarben sind, den Wappenfarben analog, blau
und weiß.

---

*) Dieselbe enthält die Beschreibung der Wappen der acht alten Orte: Zürich,
Bern, Luzern, Uri, Schwyz, Unterwalden, Glarus und Zug.
**) Appel, Münzen und Medaillen der Republiken, Städte ꝛc., Wien 1829,
S. 899, Nr. 3311. ***) Z. B. auf den amtlichen Kopfbogen.

Das Panner der Züricher erhielt 1273 durch Kaiser Rudolf ein besonderes Ehrenzeichen, nämlich am oberen Ende desselben und über das Panner herausflatternd einen rothen Schwenkel oder Zagel. Das Tuch des Panners selbst trug die blau-weiße Theilung. Stumpff S. 487 sagt über diese Auszeichnung, „daß Graaff Rudolph von Habsburg, als er röm. König erwelt, der Statt Zürych, von wegen jren treuwen diensten vnd besonders daß sie jm hievor so trostlich hatten geholffen den Bischof von Basel bekriegen, ihre Paner bekrönt, das ist mit einem roten Schwenckel geziert vnd begaabet habe (Anno 1273). Dann es ist ye vnd ye breuchlich gewesen, daß die Keyser vnd König die purpur oder rote farb, welche ist ein fürstliche vnd königlicht farb, wolverdienten leuten vmb ehren willen mitgeteilt vnd geschenkt haben." — Es wird allgemein angenommen, daß ein rother Schwenkel den Blutbann zu bezeichnen habe; das kann indeß doch nicht allgemein und ausschließend richtig sein, denn den Blutbann hatten nur die Reichsfürsten und Reichsstädte unmittelbar vom Kaiser, die Fürstenstädte aber entweder gar nicht oder nur mittelbar durch einen vom Landesherrn „mit der Gewalt Menschenblut zu richten" begnadigten Stadtrichter. Nun war aber z. B. München von jeher eine Fürstenstadt und führte dennoch, schon zu Kaiser Ludwigs IV. Zeiten, über ihren Pannern einen rothen Zagel, dagegen war Augsburg eine Reichsstadt und führte kein derartiges Zeichen*).

Der Kanton **Bern** (Berna) führt im rothen Schilde einen gelben Schrägrechtsbalken, in dem ein schwarzer Bär aufwärts schreitet. — Das redende Wappenbild, der Bär, ist das uralte Zeichen Berns und kommt bereits auf einem „Sigillum Burigensium de Berne", das an einer Urkunde von 1224**) hängt, vor. Der Bär steigt hier von der Linken zur Rechten schräg aufwärts und schreitet mit der linken Tatze vorwärts. Die Zeichnung ist sehr roh und der Bär als solcher kaum zu erkennen. Spätere Siegel der Stadt Bern zeigen den Bären auch wagerecht, die rechte Tatze vorsetzend. Der Bär ward zuerst schwarz im weißen Felde geführt, und zwar meist schrägaufsteigend. Seit dem Jahre 1289 jedoch wurde dies Wappen zum Andenken an die Schlacht

---

*) Hefner a. a. O. S. 164.
**) Reg. d. eibg. Arch. Bd. I. Hft. 2. S. 44. Jntl. Urk. Nr. 10. — Mitth. b. Züricher antiq. Gef. Bd. IX. S. 27.

an der Schloßhalben, in welcher der weiße Taffet der Fahne mit Blut
besprißt ward, dahin abgeändert, daß man einen in weißer Straße schräg
aufwärts steigenden Bären mit rothen Klauen in ein rothes Feld stellte.
Bald nachher ward die weiße Straße mit einer gelben vertauscht und
so beschreibt es auch Albert von Bonstetten 1478: „Pro insigniis
urso utuntur nigro indirecte per medium clipei incedens in cro-
cei coloris tramite, reliquus vero campus rubri coloris est." Jo-
hann Stumpff in der „Schweyßer-Chronica" sagt bei Erwähnung
des Kampfes an der Schloßhalben: „Der Stadt (Bern) Paner ward
den Herßogischen in die henb: aber bald wider durch ein Ritterlichen
Berner, Walo von Gryers, von feynde erobert, vnd ohne verleßung
seines lebens wiberbracht. — Das Paner war ein wenig mit blut be-
schweisset, vnd beßhalb fürterhin rot gemachet: darinn stunb der Bär in
weysser straffen, vber ort obsich, zu einem Zeichen beß Siegs. Die weysse
straß aber ist hernach auß etwas befreyung, vmb eheren willen, vergülbet."

Der Schildhalter dieses Wappens erscheinen in alten Abbildungen,
auf Münzen ꝛc. die verschiedensten. Einmal ein einfacher aufrecht ste-
henber Bär, dann derselbe auf dem Kopfe einen Federhut tragend, mit
umgegürtetem Schwert; ein andermal ein Schweizer in alter National-
tracht mit gezücktem Schwerte, dann eine sißende Frau, auf dem Kopfe
eine Mauerkrone, in der rechten Hand Oel und Lorbeerzweige, in der
linken die Fasces haltend und sich auf das Berner Schild stüßend; oder
dieselbe Frauensperson, sich mit der rechten Hand auf den Wappenschild stüßend und auf einer Stange die Freiheitskappe haltend, mit
der Linken ein offenes Buch, auf ihre Knie gestüßt, dem Auge darbie-
tend. Das Berner Wappenbuch vom Jahre 1829 enblich zeigt zwei
Bären mit Baretten, Hellparten, Schwertern und Feldbinden aufgepußt,
als beiberseitige Schildhalter. Auf dem Schilbe ruht dort eine golbene
Krone mit purpurner Müße. — Alle diese Zuthaten (Schildhalter und
Kronen ꝛc.) sind nicht wesentlich und deren Darstellung und Wahl ganz
der Laune des betreffenden Zeichners überlassen. Natürlich werden alle
Bekleidungsstücke dieser Figuren in den Farben des Wappenschilbes,
Schwarz, Gold, Roth, bargestellt.

Das Kantonswappen von **Luzern** (Luzerna) ist ein senkrecht getheilter Schild, dessen vordere Hälfte blau, die hintere aber weiß ist. —
In älteren Abbildungen kommt auch die Schilbesfarbe verwechselt —

vorn weiß, hinten blau — vor, so z. B. auf dem Siegel der Stadt Luzern vom Jahre 1351*). Bonstetten beschreibt das Wappen: „Clipeus in medio a summo ad infimum directe divisus parte dextra blavii et sinistra nivei coloris." Die weiß-blauen Farben sind schon an den Schnüren sichtbar, mit denen das Siegel der Bürgerschaft von Luzern an der Urkunde „Stadtrecht oder der geschworene Brief Luzerns", datirt den 4. Mai 1252, befestigt ist**). Es ist das das frühest bekannte Vorkommen der Kantonsfarben. Merkwürdiger Weise zeigt das Wappen auf diesem Siegel, das die Umschrift S. Civium Luzernensium trägt, nicht den später vorkommenden gespaltenen Schild, sondern einen mit drei vierblättrigen Rosettchen belegten freischwebenden Schrägbalken. Woher diese Zeichnung stammt, ist noch unermittelt, obwohl Kopp***) sich mit dieser Frage beschäftigt hat.

Als Schildhalter des Luzernerwappens erscheinen auf dem Stadtsiegel von 1351 zwei Adler, später jedoch wurden gewöhnlich zwei wilde Männer mit Eichzweigen hierzu benutzt. Die Anwendung der Schildhalter bei den Kantonswappen geschah und geschieht jedoch, wie bereits erwähnt, ganz willkürlich und ist ein historischer Anhalt hierbei in seltenen Fällen gegeben.

Uri (Uriensis Pagus) führt im gelben Schilde einen vorwärtsgekehrten schwarzen Stier- oder Ur-Kopf mit ausgeschlagener rother Zunge und einem durch die Nase gezogenen rothen Ring. Die Hörner des Stierkopfs sind meist schwarz, seltener roth. — Das älteste bekannte Siegel des Landes Uri, an einer Urkunde vom 18. November 1249†), in Form eines dreieckigen Schildes und mit der Umschrift: „Sigillum vallis Uranie", zeigt den Stierkopf seitwärtsgekehrt, mit einem durch dessen Nüstern gezogenen Ring. Am Kopfe ist hier noch ein Stück Hals zu sehen. Die ersten alamannischen Bewohner des Landes sollen den Kopf des Stieres (Urs) deshalb als Landeszeichen gewählt haben, weil sie ihr Land „Ur", das heißt ein Wildes, nannten††). Stumpff erzählt: „Daß aber die ersten vnd eltisten Vrner von den Tauriscern

---

*) Mitth. b. Züricher antiq. Ges. Bd. IX. S. 56.
**) Abgedruckt im Geschichtsfreund der 5 Orte I. 180—187.
***) Gesch. Blätt. Jahrg. I. S. 32.
†) Geschichtsfreund III. 228.
††) Mitth. b. Züricher antiq. Ges. Bd. II.

abkommen, gibt anzeigung jr waapen mit dem Stierkopf, davon die alten Taurisci on zweyfel vor zeyten genent sind. Etlich alte Chroniken wöllen, daß dieses waapen von einem wilden Büffelskopff komme, das ich nit achte: dann Julius Cesar im 6. Buch schreybt, daß bey den Germanis wild Stier werden gefunden, etwas ringer dann Elephanten, doch in farb vnnd gestalt ein Stier, die wurden genent Vri, welches Geschlächt der wilden Ochsen villeycht in den Alpischen wildenen auch gewesen ist. Es werden noch biser zeyt im Sibental vnd etlichen Helvetischen Gegninen die Stier Vrer genent, darumb diß Landvolck, die eltisten von den Tauriscern, den Stierkopff vnd namen Vrner, d. i. Ochsener, noch haben." — Was den Ring betrifft, so soll dieser, einer alten Sage zufolge, Zugabe eines Papstes und gleichsam ein Ehrenzeichen des Kirchenhauptes sein, weil die Urner sowohl die Wildheit des Landes durch Urbarmachung, als auch die Rohheit ihrer Sitten durch Annahme des Christenthums besiegt hätten*). Das Wappen zählt also zu den sogenannten redenden. — Schon auf einem Siegel an einer Urkunde im Stadtarchiv zu Zürich, datirt XIII. Kal. Junii 1258, erblicken wir den Stierkopf von vorn gezeichnet, und diese Stellung wurde auch von dieser Zeit an beibehalten. Die Darstellung, daß der Stierkopf die Zunge ausstreckt, findet sich indeß zuerst auf einem Siegel von 1489. — Bonstetten beschreibt das Wappen folgendermaßen: „Signa incolarum Uraniensium caput bovis est altis cornibus formatum nigri coloris et campum clipei glaucum esse debet."

Als Schildhalter findet man bisweilen einen Schweizer mit umgürtetem Schwert, in den Landesfarben schwarz und gelb gekleidet, oder gepanzert, der mit der einen Hand ein Horn zum Munde führt und bläst, den sogenannten Stier von Uri.

Stumpff sagt von ihm: „In Kriegen füren sie (die Urner) ein großes Horn mit blaasen, das zu einem zeichen, als ein Trummet. Ein sonderlicher Landsmann zu diesem dienst vnd hornblaasen bestellt, wird als denn genennt der Stier von Vri." — Die Abbildung, die Stumpff dabei giebt, zeigt den wild bärtigen Mann im Panzerhemb, mit einer eisernen Kesselhaube auf dem Haupte, die mit 2 Stierhörnern geziert ist. Mit der Rechten hält der Mann das Horn zum Blasen an

---

*) Mitth. d. Züricher antiq. Gef. Bd. IX. S. 68.

ben Mund, mit der Linken umfaßt er das an seiner Seite hängende, riesige Schlachtschwert.

Schwyz führt einen rothen Schild, in dessen hinterer Oberecke ein kleines schwebendes silbernes einfaches Kreuzlein. — Ursprünglich war der Schild nur **einfarbig roth ohne jedes Bild**, nahm aber später, in Uebereinstimmung mit dem Landespanner, das weiße Kreuzlein auf. Schon 1478 erwähnt **Bonstetten** desselben mit folgenden Worten: „Clipeum ferunt totum rubrum et aliis figuris immaculatum, in vanno autem eorum, quod in hostes gestare solent in summitate a parte crucifixum interpictum et sic a Rudolfo Romanorum Rege invictissimo, olim specialibus meritis condonati sunt." — Indeß zeigt noch später **Stumpff** den Wappenschild leer und noch auf Münzen von 1673 fehlt das Kreuzlein im Schild*). Vom 18. Jahrhundert an jedoch ward dasselbe stets geführt.

Als Schildhalter erschienen zuweilen zwei Männer mit Pannern wie der Schild. — Das Panner, welches die Schwyzer in der Schlacht bei **Morgarten** führten, ist noch vorhanden und schmückte bei der Jubelfeier der Schlacht im Herbst 1863 die Kirche am **Sattel**. Es ist von mittlerer Größe und dunkelrothem Seidenstoff. In der oberen Ecke an der Fahnenstange ist das Bild des gekreuzigten Heilands in Oel gemalt. — Die Schwytzer Waibel bei diesem Feste waren **ganz roth gekleidet**. Ein Panner von Schwyz aus dem Jahre 1634 hat ein **durchgehendes silbernes Kreuz in Roth****). Münzen des Kantons seit 1777 zeigen den Schild meist von zwei Lorbeerzweigen umgeben.

Das Wappen des Kantons **Unterwalden** (Subsilvania) wird gegenwärtig folgendermaßen geführt. Der Schild ist senkrecht getheilt. Die vordere Hälfte, von Roth über Weiß quer getheilt, zeigt einen aufrecht gestellten mittelalterlich verzierten Schlüssel in verwechselten Farben***), die hintere ganz rothe Hälfte aber einen doppelten weißen (silbernen) Schlüssel†).

---

*) Appel, a. a. O. S. 881, Nr. 3221.
**) Mitth. b. Züricher antiq. Ges. Bd. II. 1844.
***) D. h. die obere Hälfte des Schlüssels mit dem Barte in rothem Felde ist weiß, die untere im weißen Felde ist roth. Der Bart des Schlüssels ist meistens nach außen gekehrt.
†) Doppelt, d. h. mit 2 Bärten versehen, die entgegengesetzt.

Ursprünglich war das Wappen von Unterwalden ein einfach quergetheilter Schild, dessen obere Hälfte roth, die untere aber weiß war. Bonstetten a. a. O. beschreibt es mit folgenden Worten: „Clipeus indirecte per medium divisus et in superiori parte rubro et in inferiori albo quoque coloribus corruscans atque adornatus existens."

Nach der Trennung des Kantons in zwei Gemeinden, Ob dem Kernwalde (Ob dem Wald, Obwalden) und Nid dem Kernwalde (Nid dem Wald, Nidwalden), welches Ereigniß in die Mitte des vierzehnten Jahrhunderts gesetzt wird, ohne daß jedoch urkundliche Belege dafür vorhanden*), führte jede Gemeinde ihr eigenes Wappen. Obwalden behielt das alte Wappen, von Roth und Weiß quergetheilt, bei, vermehrte es aber später mit einem einfachen, aufrecht gestellten Schlüssel; Nidwalden dagegen wählte einen doppelten Schlüssel in rothem Felde. Letzterer ist bei Stumpff (Schweizerchronik 1548) so abgebildet, daß von dem schnallenförmigen, viereckigen Griff zwei Schäfte schräg auswärts laufen, die Schlüsselbärte an denselben gleichfalls nach außen gekehrt. Später erscheint der Schlüssel mit einem Schafte, der senkrecht gestellt ist, und an dem rechts und links ein Bart, nach außen gekehrt, sich befindet. — Im Jahre 1816 wurde dann das gemeinsame Kantonswappen in der Art und Weise bestimmt, wie wir es zuerst beschrieben haben, nämlich, daß ein senkrecht getheilter Schild die Wappen beider Gemeinden enthalten solle, dasjenige von Obwalden auf der rechten, das von Nidwalden auf der linken Seite**).

Der Schlüssel des Unterwaldner Wappens ist das Symbol des Apostels Petrus, welchem die Kirche zu Stans geweiht ist. Bereits im ältest bekannten Siegel des Kantons, das an dem im Landesarchiv von Schwyz aufbewahrten ersten Bundesbriefe der drei Länder Uri, Schwyz und Unterwalden vom 1. August 1291 sich befindet, kommt dieser Schlüssel, einfach, mit einem großen, auf die rechte Seite gewendeten Schlüsselbarte, vor. Die Umschrift des Siegels lautet: S' Universitatis Hominum de Stannes et vallis sūpioris. — Das roth und weiße Schild ward jedenfalls geführt in Uebereinstimmung mit dem Panner, der

---

*) Berlepsch datirt die Trennung sogar aus dem Jahre 1150.
**) In besonderen Ausfertigungen führen die beiden Kantonstheile auch jeder noch sein getrenntes Wappen.

Schlüssel später, als altes Siegel=Symbol, hineingesetzt. Eine alte Zeich=
nung aus dem Anfange des 16. Jahrhunderts zeigt als Wappen von
„Unberwalben ob dem Walb" einen quergetheilten, oben rothen, unten
weißen Schild, gehalten von dem heiligen Petrus in rothem Unter=, wei=
ßem Obergewand, mit goldenem Heiligenschein um das Haupt, in der
freien Hand einen großen goldenen Schlüssel mit einfachem Barte hal=
tend. Wie erwähnt, war dieser Heilige der Schutzpatron sowohl der
Gotteshäufer von Stans und Buochs, wie des ganzen Ländchens und
warb sein Bild auch in die Siegel Unterwaldens aufgenommen, wo
es uns zuerst an einer Urkunde vom 12. Hornung 1363 begegnet*).

Der Kanton **Zug** (Tugensis pagus) führt im weißen Schilde einen
blauen Querbalken. Bonftetten (a. a. O.) beschreibt ziemlich unbestimmt
dies Wappen: „Insignia colore albo et blavio ornata." Stumpff
in seiner mehrfach erwähnten Chronik (1548) zeigt den Querbalken
bamascirt, wogegen alte Siegel nicht diesen, sondern das weiße Feld
bamasciren; das ist indeß sehr unwesentlich. Das erste bekannte Zuger
Wappensiegel hängt an einer Urkunde von 1333**). Es zeigt im drei=
eckigen durch gekreuzte Schräglinien verzierten Schild den Balken und
trägt die Umschrift: S. Universitatis de Zuge. 1370 hängt ein ähn=
liches Siegel an weiß=blauen seidenen Schnüren, wodurch also diese
Farben als schon damalige Kantonsfarben festgestellt sind. Denn ur=
sprünglich war vielleicht das Zuger Wappen identisch mit dem öster=
reichischen, dem weißen Querbalken im rothen Felde, bis die Eidge=
nossen, gereizt durch vielfache Neckereien von Seite der in Zug befind=
lichen österreichischen Besatzung***), diese vertrieben, das Ländchen er=
oberten und es 1352 zu einem ewigen Bündniß mit den fünf Orten
zwangen. Da warb denn vielleicht auch die roth=weiße Farbe der
Oesterreicher vertilgt und durch die blau=weiße ersetzt.

------

*) Mitth. b. Züricher antiq. Gef. Bb. IX. S. 75.

**) Daf. S. 80.

***) Von den ältesten Besitzern Zugs, den Lenzburgern, war es 1173 durch Ri=
chenza, Nichte des letzten Grafen Ulrich von Lenzburg, an die Grafen von Kiburg
gelangt. Graf Rudolf von Habsburg, der nachherige König, erwarb den Ki=
burg'schen Herrschaftsantheil in diesem Gebiete und legte österreichische Besatzung
hierher.

Als Schildhalter kommt auf einer Münze des Kantons von 1621*) ein knieender Engel vor, mit Schein um das Haupt, auf dem Kopfe eine Kappe mit einem Kreuzchen tragend; derselbe hält in der rechten Hand den Reichsapfel, mit der linken den Zuger Schild.

Der Kanton **Glarus** (Glaronensis pagus) führt im rothen Schilde seinen Schutzpatron, den heiligen Fridolin**). Derselbe ist nach vorn, oder doch nur etwas seitwärts gekehrt, trägt ein langes schwarzes Gewand, auf dem bärtigen Haupte eine schwarze Kappe und um den Kopf einen goldenen Heiligenschein. In der Rechten (oder Linken, je nach welcher Seite in Abbildungen er sich kehrt) trägt er einen langen weißen oder gelben Pilgerstab, in der anderen Hand ein Evangelienbuch und ist mit einem grauen Quersack angethan.

Die Darstellungen des Heiligen im Wappenschilde variiren öfters. So kommt er mit und ohne Kappe auf dem Haupte vor, doch stets mit Heiligenschein, das lange Pilgergewand ist gewöhnlich glatt, hat aber auch bisweilen einen langen Kragen, der mit Pilgermuscheln besetzt ist. Den Stab fand ich weiß, gelb, auch schwarz gemalt vor, meist hat derselbe unten einen eisernen Stachel, oben aber in etlicher Entfernung von einander zwei Knöpfe. — Stumpff (a. a. O.) giebt gar einen gewöhnlichen, mit starkem Schritte gegen die rechte Seite marschirenden, also ganz im Profil zu sehenden Wanderer (ohne Heiligenschein) in kurzem, bis an die Knie reichendem Mäntelchen, einer an einem Riemen darüber geworfenen, auf dem Rücken hängenden Tasche, vor sich halten-

---

*) Appel a. a. O. Nr. 3333.

**) Wie uns die Legende erzählt, soll das Land Glaris im 6. Jahrhundert Eigenthum zweier Brüder, Urso und Landolf, gewesen sein, welche dasselbe dem heiligen Fridolin für das von ihm gestiftete Kloster Säckingen vergabten. Dieser Glaubensbote, aus einem vornehmen Geschlechte Irlands stammend, kam nach vielen Wanderungen, die ihm den Zunamen „der Wandler“ einbrachten, auch nach Alamannien und ließ sich auf einer kleinen Rheininsel zwischen Rheinfelden und Laufenburg nieder, wo er das erstgenannte Kloster gründete. Von hier kam er auch ins Thal Glarus, in welchem er zu Ehren seines Patrons eine Kapelle stiftete und die Lehre des Christenthums mit großem Eifer ausbreitete. Ist es auch bis jetzt den irischen Geschichtsforschern noch nicht gelungen, den heiligen Fridolin mit Sicherheit als einen der Ihrigen nachzuweisen, so liegt doch in dieser Sage der Beweis, daß ein Heiliger dieses Namens von jeher als Schutzpatron des Glarner Landes verehrt wurde, und daß seit dem 10. Jahrhundert diese Gegend im Besitze des Stifts Säckingen war.

dem langen Stab, engen Hosen und mit Schuhen bekleidet, bärtigem
Gesicht, den Kopf bedeckt mit einem runden niederen Hut mit breiter,
vorn in die Höhe geschlagener Krempe. — Bonstetten sagt: „Ibi sanctum Fridolinum confessorem summo celebrant honore, ipsumque
Sanctum in eorum armis ferunt indutum cuculla nigra in rubro
clipeo stantem." Eine Urkunde, datirt Windeg uf der Burge an sant
Jacobestag des zwelfbotten 1315, im Landesarchiv von Uri verwahrt*),
zeigt das ältest bekannte Siegel des Glarner Thales mit der Umschrift:
Sigillum Glaronensium. Es hat ganz den Typus eines Kloster= oder
Geistlichen Siegels, ist elliptisch, oben und unten zugespitzt und zeigt die
heilige Maria mit dem Christusknaben sitzend unter einem gothischen
Baldachin, zu ihren Füßen einen betenden Mönch**). Ob letzterer den
heiligen Fridolin vorstellen soll, weiß ich nicht, gewiß ist aber, daß
derselbe von 1352 an stets in oben angeführter Art in den Siegeln des
Landes geführt wird, nämlich mit Pilgerstab, Buch und Quersack***),
aber nicht früher als seit Anfang des 16. Jahrhunderts mit einer Kappe
auf dem Kopf. — Glarus ist der einzige Schweizerkanton, der einen
Heiligen im Wappen führt.

Das Wappenbild des Kantons **Basel** (Basilea) ist ein schwarzer
senkrecht gestellter Bischofsstab, mit der Krümmung nach der rechten
Seite sich wendend, im weißen Schilde. Es ist dies Bild von dem des
Bisthums Basel entlehnt, das einen rothen Bischofsstab (als Zeichen der
Amtswürde) im weißen Felde führt. Die Krümmung des Hakens soll
indeß hier nach der linken Seite sein. Die Aenderung der Farben ge=
schah ohne Zweifel aus dem Grunde, um beiden Wappen ein Unter=
scheidungsmerkmal zu geben, und ist jedenfalls älter als die Aenderung der
Krümmung des oberen Theiles des Stabes, welche um das Jahr 1380 statt=
gefunden haben soll†). Die Darstellung des Stabes hat im Laufe der
Zeit fast zur Unkenntlichkeit des Bildes geführt. Die älteste Sammlung
von Wappen und Pannern, die sogenannte Züricher=Wappenrolle aus
dem ersten Viertel des 14. Jahrhunderts, wenn nicht aus dem letzten

---

*) Geschichtsfreund Bd. IX. S. 128. Zürich. Mitth. IX. S. 84.
**) Abgebildet in den Züricher Mitth. IX. Taf. XII. Fig. 6.
***) Daselbst Taf. XII. Fig. 7 ff.
†) Züricher Mitth. IX. S. 10.

des 13. Jahrhunderts*) stammend, zeigt ein Panner von Basel an gelbem Stab, das auf weißem Grunde einen rothen Bischofsstab der einfachsten Form (langer dünner Stab, oben gewunden, unten mit Spitze) zeigt. Schon im 15. Jahrhundert indessen ist der Stab zur Unkenntlichkeit entstellt. Er ist oben wie ein Wibberhorn gewunden, geht dann in einen verzierten Knauf über und endigt nach unten — nicht in einen Stab, sondern in eine kurze breite, unten dreizackige und tulpenförmige Figur. In dieser Form — besser Unform — ist die Wappenfigur bis auf unsere Tage geblieben, obwohl sie noch immer mit dem Namen Stab bezeichnet wird. Die Ereignisse des Jahres 1833 führten die bekannte Trennung des Kantons in zwei Theile, Basel-Stadttheil und Basel-Landschaft, letztere mit dem Hauptorte Liestal, hierbei. Dabei behielt Basel-Stadt den althergebrachten Wappenschild mit dem schwarzen Bischofsstab, während Basel-Landschaft denselben Stab, aber die Krümmung nach der entgegengesetzten Seite, annahm und denselben oben mit sieben golbenen Kugeln umgab. Es stehen nämlich drei Kugeln zu jeder Seite des Stabes, eine aber über demselben. — Andere Abbildungen des Wappens von Basel-Landschaft haben im weißem Schilde den Bischofsstab, aber statt schwarz roth und ohne jede weitere Zuthat. Man findet auch beide Wappen in senkrecht getheiltem weißen Schild vereinigt, vorn das von Basel-Stadt, hinten das der Landschaft**).

Als Schildhalter des Basler Wappens kommen zwei Löwen, oder auch ein Drache vor. Ein Löwe kommt nach Ochs' Geschichte von

---

*) Das Original befindet sich in den Sammlungen der antiq. Ges. zu Zürich.
**) Das erst beschriebene Wappen von Basel-Landschaft ist aus dem der Stadt Liestal abgeleitet. Dieses zeigt nämlich in der oberen Hälfte des von Weiß und Schwarz quergetheilten Schildes eine Figur aus der unteren schwarzen Schildeshälfte hervorwachsend, die offenbar aus dem Bischofsstabe des Basler Wappens entstanden ist. Dieser hat aber in Liestal einige Aenderungen erlitten. Es mangelt ihm der dreilappige Fuß, dann ist er auf der äußeren Seite des wibberhornartig gekrümmten oberen Endes mit Knöpfen oder arabeskenartigen Verzierungen besetzt und baucht sich endlich am unteren Rande dergestalt aus, daß er das Aussehen eines Bischofsstabes ganz verliert. Jedenfalls aber war das alte Wappen von Liestal ein zwar mit Knöpfen oder Verzierungen besetzter, aber vollständiger Basler Stab. In dieser Form finden wir ihn auch in Stumpff's Chronik, in der Brunner'schen Karte von Basel vom Jahr 1729 und in Brückner's Merkwürdigkeiten der Landschaft Basel S. 1112 abgebildet, wo ausdrücklich gesagt wird, das Wappen des Städtleins Liestal sei ein rother Baselstab mit golbenen Knöpfen in weißem Felbe. — So muß auch das Wappen von Basel-Landschaft gezeichnet werden.

Basel schon 1380 auf einem Basler Siegel vor. Wahrscheinlich stammt daher die Annahme der Löwen als spätere Schildhalter, z. B. auf einer Medaille bei Appel a. a. O. Nr. 3020.

Der Kanton **Freiburg** (Friburgum) hat einen einfach querge-theilten Schild, dessen obere Hälfte schwarz, die untere weiß ist. Woher die Annahme dieses Wappens stammt, konnten wir nicht ermitteln. Aus dem der Stadt Freiburg, die den Kern des Landes bildet und sich mit ihrem Gebiete 1481 an die schweizerische Eidgenossenschaft anschloß, kann es nicht entstanden sein, denn diese führt auf ihren Siegeln schon 1225 ein Mauerwerk mit schrägabsteigenden Zinnen, über welchem Bilde ein Schild, worin ein einfacher Adler, das Symbol der ehemaligen Reichs-unmittelbarkeit der Stadt, schwebt. Zwar giebt Stumpff in der Schweizer-Chronik 1548 das Wappen der „Statt Fryburg" als einen von Schwarz und Weiß quergetheilten Schild, also identisch mit dem vom Kanton geführten; doch haben beide Wappen neben einander bestanden, denn eine Münze vom Jahre 1710*) zeigt auf dem Avers die Zinnen-mauer, darüber einen doppelten Adler mit der Umschrift: Moneta nova reip. Friburgensi:, auf dem Revers aber den von Schwarz und Weiß getheilten Schild. Vermuthlich sind die letzteren Farben aus dem Panner der Freiburger, das diese Theilung und Farben trägt, hervorgegangen und als Kantonswappen angenommen worden.

Als Schildhalter kommt auf einer Zeichnung vom Jahre 1645**) ein in alte Landestracht gekleideter Schweizer mit schwarzem Barett, auf dem weiße Federn winken, schwarzem, weiß gefüttertem Wamms ꝛc., in der einen Hand eine Helleparte haltend, mit der anderen auf den schwarz-weißen Kantonsschild gestützt, vor.

Der Kanton **Solothurn** (Solodórum), der sich gleich Freiburg 1481 der Eidgenossenschaft anschloß, führt seit Alters einen einfach quergetheilten Schild, dessen obere Hälfte roth, die untere weiß ist.

Es ist dies Wappen aus dem der Stadt Solothurn hervorge-gangen. Wir treffen dasselbe zuerst auf einem Siegel an einer Ur-

---

*) Bei Appel a. a. O. Nr. 3103.
**) In meiner heraldischen Sammlung.

kunde, datirt Samstag vor Katharina 1394, an. Das Siegel*) hat einen quergetheilten Schild, über welchem der gekrönte Reichsadler mit Doppelkopf — das Zeichen der Reichsunmittelbarkeit der Stadt — schwebt. Die Umschrift lautet: S. secretum civium Solodorensium. So ist das Wappen unverändert fortgeführt worden von Stadt und Kanton. Die Wappenfarben, Roth und Weiß, kommen auch auf den seidenen Schnüren vor, mit denen die Siegel im Mittelalter an den Urkunden befestigt wurden, und haben sich bis heute als Kantonsfarben erhalten.

Einen Schildhalter beim Solothurn'schen Wappen fanden wir nirgend. Sollte ein solcher bei irgend welcher Gelegenheit dem Wappenschilde beigesellt werden, so würden wir das Bild des heiligen Ursus, des Schutzpatrons von Solothurn, vorschlagen, wie dasselbe auf den ältest bekannten Siegeln Solothurns zu sehen war. Der Heilige ist vom Kopf bis zum Fuß gepanzert, trägt in der einen Faust eine lange Lanze mit rother abfliegender Fahne, die mit einem durchgehenden weißen Kreuz geziert ist, während sich die freie Hand auf den Solothurner Schild stützen würde. Ein Nimbus umgiebt das Haupt des Heiligen**).

Das Wappen des Kantons **Schaffhausen** (Scabhusum) zeigt im gelben Schilde einen auf den Hinterfüßen emporgerichteten, springenden schwarzen Widder***).

Dies war das Bild, welches die Schaffhausener auf ihrem Feldpanner führten, wie das in der Schlacht bei Sempach (1386) verlorene Panner beweist. — Ganz anders dagegen war das älteste Wappen der Stadt Schaffhausen. Dieses zeigte im weißen Schilde einen zur Hälfte aus dem Thore eines Thurmes hervortretenden schwarzen Widder auf grünem Rasen. Daher stammen die Kantonsfarben schwarz und grün, die sich bis auf den heutigen Tag erhalten haben, während dieselben doch, dem Wappen gemäß, schwarz und gelb vermuthet werden sollten. Das angedeutete Wappen nun — mit Schaf und Haus —

―――――――――

*) Mitth. d. antiq. Ges. zu Zürich Bd. IX. Taf. XV. Fig. 6.

**) Sein Gesicht ist entweder vom niedergeschlagenen Helmvisir bedeckt oder, wenn frei, jugendlich und bartlos.

***) Manchmal mit rothen Waffen, d. h. Klauen und Hörnern, gewöhnlich aber ganz schwarz. Die Krone, die Papst Julius II. 1512 dem Widder auf den Kopf verlieh, wird in neuester Zeit gewöhnlich weggelassen.

ist ein sogenanntes redendes, obwohl bekanntlich der Name Schaffhau-
sens nicht von diesem Thiere, sondern von dem Worte Scapha, altdeutsch
Schiff, abgeleitet wird, weil hier schon in frühem Mittelalter Hütten
für Schiffer standen, welch letztere die Kaufmannsgüter, die wegen des
nahen Rheinfalls ihren Weg zu Schiffe nicht fortsetzen konnten, hier um-
luden. Mit Hintansetzung der Etymologie gaben aber unsere Vorfahren
jenem Worte einen ganz anderen Sinn und dachten sich statt Schiff-
häuser — Schafhäuser, in welchem Sinne dann das Wappen der
Stadt gewählt wurde. Dasselbe begegnet uns bereits auf einem Siegel,
das an einer Urkunde von 1275 hängt*) und die Umschrift trägt: S.
Civitatis Scafusensis. Das Schaf, kein gemeines, sondern ein mit
gewaltigen Hörnern ausgestatteter Widder, bildet mit seinen kurzen starken
Beinen und aufgerichtetem Kopfe, wie er sich so trotzig umsieht, eine
possierliche, aber den aufstrebenden Sinn der Bürgerschaft vortrefflich
charakterisirende Figur. Er kommt zur Hälfte aus einem, den Eingang
in die Stadt schützenden Zinnenthurme hervor, an dem noch ein Stück
Mauer angesetzt ist, hinter der eine Kirchthurmspitze hervorlugt. — Später,
auf einem Siegel von 1415, steht der Bock nicht mehr gutmüthig im
Thore, sondern springt mit mächtigem Satze zu demselben heraus. Der
Kirchthurm hinter dem Mauerwerk ist weggeblieben. Noch später, doch
schon 1470 und bis auf unsere Tage, ist der Tradition zu lieb die Form
des Stadtthores (mit Zinnen 2c.) beibehalten; allein anstatt der mit
Zinnen besetzten Stadtmauer erblicken wir ein Wohnhaus, das mit
großen viereckigen Fenstern versehen, mit Ziegeln bedeckt und einem Dach-
knopf ausgerüstet ist. Der mit ausgestreckter Zunge zum Thurmthor
hinaus galoppirende Bock sieht auch nicht mehr so grimmig aus. Be-
weise, daß die Zeiten der Fehden vorüber und Sicherheit der Person
nebst Wohlstand an ihre Stelle getreten sind.

Bis zum Schlusse des achtzehnten Jahrhunderts führte nun aber
die Stadt Schaffhausen neben diesem Wappen auch öfter das in ihrem
Panner vorkommende Bild, den schwarzen springenden Widder im gelben
Felde, mit**) oder ohne***) gekröntes Haupt. Die Krone nämlich
stammte von Papst Julius II., der i. J. 1512 den Schaffhausenern für

---

*) Mitth. Bd. IX. S. 112.
**) Bei Siebmacher.
***) Bei Stumpff.

treu geleistete Dienste ein Panner zum Geschenk machte, auf welchem der freie Widder mit dieser und anderen urkundlich zuerkannten Zierrathen ausgestattet erscheint. Von dieser Zeit an führte nicht nur das Land bis auf unsere Tage dies Wappen, sondern auch die Stadt gebrauchte es zuweilen neben dem althergebrachten.

Noch wollen wir der Darstellung des Wappens auf einigen Münzen gedenken. Ein alter Bracteat zeigt einen halben Schafbock, ein anderer einen Schafbocks-Kopf, darunter einen Hügel, ein dritter endlich eine Säule, vor ihr den halben Bock. Alle drei beschreibt Appel a. a. O. Nr. 3198 bis 3200. Erst auf einer Münze von 1515 erscheint der halbe Schafbock aus dem Thore eines alten Gebäudes hervorkommend.

Schildhalter fand ich beim Schaffhausener Wappen nicht. Als solche könnten zwei schwarze aufrechtstehende Widder, wie der im Schilde, gewählt werden.

Der Kanton **Appenzell** (Abbatis cella) führt von Alters her im weißen Schilde einen auf den Hinterfüßen stehenden, aufgerichteten schwarzen Bär mit ausgestreckter, rother Zunge.

Das war auch das Wappen der Abtei St. Gallen, und fast alle diesem Kloster unterworfenen Städte und Orte führten fast ohne Ausnahme, wie Appenzell, auf Pannern und Siegeln das Bild des Bären, welches schon in sehr frühen Zeiten als Attribut der Figur des heiligen Gallus beigegeben und dann von der Abtei St. Gallen als Abzeichen ihrer Herrschaft und ihres Besitzthums gewählt wurde. Die älteste Erzählung, die wir von Gallus' Leben und Schicksalen besitzen*), berichtet nämlich folgenden Zufall. Als Gallus am ersten Tage seines Aufenthaltes in der Wildniß**), in die er sich zurückgezogen hatte, dem Gebete oblag, kam ein Bär vom Berge herunter und fraß die Ueberbleibsel des kurz vorher von ihm und seinem Gefährten eingenommenen Abendessens. Da rief ihm Gallus zu: Ich gebiete Dir im Namen des Herrn, hol' ein Stück Holz und wirf's ins Feuer. Der Bär gehorchte. Der heilige Mann reicht ihm zum Lohn ein ganzes Brot, befiehlt ihm jedoch, von nun an auf den Bergen zu bleiben und nie mehr weder Menschen noch Thiere anzugreifen. — Ein Bär nun ist es, der in allen Siegeln der

---

*) Vita S. Galli in Pertz' Mon. German. Bd. II. — Mitth. IX. S. 118.
**) Im Jahre 613 nach Christi Geburt.

Abtei und der Stadt St. Gallen, des Landes und der Gemeinden Appenzell, der Städtchen Wyl, Altstetten, Trogen, Herisau, Hundwil ꝛc. wiederkehrt. So erscheint auf dem einen Siegel der Bär aufrecht stehend (St. Gallen und Appenzell), auf dem anderen auf allen Vieren gehend (wie auf den ältesten Appenzeller Wappen), auf einem dritten steht er in einem Troge (Trogen), auf dem vierten trägt er ein Stück Holz über der Schulter (Herisau) ꝛc.

Ursprünglich soll, wie Stumpff angiebt, Appenzell sowohl auf dem Panner als im Siegel den Bär nicht aufgerichtet, sondern auf allen Vieren gehend geführt haben. Wirklich erscheint der Bär so auf einem Siegel an einer Urkunde vom Jahre 1401*), das die Umschrift: S. univsitatis terre ī Abbiscella trägt. Daß indeß Petz auch in dieser Stellung zur Vertheidigung wie zum Angriff bereit sei, beweisen die ausgestreckten scharfen Krallen an allen vier Tatzen und sein offener, mit gewaltigen Zähnen bewaffneter Rachen. Indeß schon auf einem 1405 gebrauchten Siegel**) steht der Bär aufrecht, in fester Position, gleichsam zum Kampfe herausfordernd, mit ausgestreckten Vorderbeinen, an denen die Klauen hervortreten, und den Rachen aufsperrend. Anstatt nach rechts, wie im vorigen Siegel, schaut er nach links. — So ist er geblieben bis jetzt. Ein Siegel des Landes Appenzell, am Ende des sechzehnten Jahrhunderts gefertigt, bringt recht geflissentlich und über den Anstand hinaus zur Schau, was letzterem Gefühl zu lieb in älteren Siegeln nur angedeutet war, nämlich die männliche Scham des Bären. Die Anfertigung dieses Siegelstempels war nämlich eine Folge des von Walser in der Appenzeller Chronik***) S. 496 folgendermaßen erzählten Vorfalls, die Geschmacklosigkeit jener Zeit deutlich genug beurkundend:

„Leonhard Straub, der erste Buchdrucker in St. Gallen, ließ auf das 1579 Jahr einen Kalender drucken und aller lobl. XIII Orten Wappen darauf setzen: auf die gleiche Art und Weise und mit den gleichen Zeichen wie er vorher Anno 1577 in Basel auch gedruckt worden, darüber sich damals niemand beschweret. Sobald er aber in St. Gallen zum Vorschein kam, gab es im Land gleich Lermen, es hieße: Der Bär sei ein Weiblein und kein Männlein, man habe des Standes Ehrenwappen auf recht schimpfliche Weise

---

*) Mitth. Bd. IX. Taf. XVI. Fig. 8.

**) A. a. O. Taf. XVI. Fig. 9.

***) 4 Bde. Ebnat u. Trogen 1825—1831.

verletzet und was dergleichen mehr. Ich habe das Original sowohl des Basler als auch des St. Gallerkalenders vom Jahre 1579,
so noch in dem Archive zu St. Gallen liegt, gesehen, und gefunden, daß
das Wappen recht gezeichnet ist, außer daß der Bär kein männlich
Zeichen hat. Sonsten steht er ganz aufrecht in einem weißen
Felde und wird von einem anderen aufrechten großen Bären mit dem
Schild gehalten, der St. Galler Bär aber stehet nicht dabei." — So
diese Geschichte, der Gegenstand allgemeiner Besprechung damaliger Zeit
im Lande!

Das Siegel von Appenzell Außer-Rhoden unterscheidet sich
dadurch von den alten Landessiegeln, daß neben dem Bären die Buch-
staben V und R angebracht sind, welche Vsser Roden bedeuten, während
Inner-Rhoden einfach nur den Bär führte*).

Als Schildhalter erscheint beim Appenzeller Wappen ein großer
schwarzer Bär mit rother ausgestreckter Zunge, bei Stumpff aber ein
nackter wilder bärtiger Mann, um Haupt und Lenden mit einem Blätter-
schmuck, mit der einen Hand auf eine hölzerne Keule sich stützend. Auf
Münzen kommt der Schild zwischen einem Palm- und Lorbeerzweige
vor**).

Der Kanton **St. Gallen** (San Gallum) führt einen grünen Schild,
darinnen eine aufrechtgestellte weiße Fasces***) mit einem breiten, glat-
ten, grünen†) Band umwunden.

Dieses Wappen ward erst zur Zeit der französischen Revo-
lution angenommen; auf Münzen finde ich es zuerst 1807 angewandt.
Der zusammengebundenen Stäbe sollen acht sein, als Sinnbild der
Eintracht und auf die damalige politische Landeseintheilung hindeutend.

Bis dahin (Ende des 18. Jahrhunderts) war das Wappen St.
Gallens dasselbe wie das Appenzells, dessen Ursprung wir ausführlich
bei diesem Kanton behandelt haben, nur daß der Schild, obwohl ur-

---

*) Züricher Mitth. Bd. IX. S. 121.

**) Appel a. a. O. S. 838.

***) Ein Ehrenzeichen der römischen Magistratspersonen, welches in einem Bündel
glatter Stäbe, die mit Bändern rings umwickelt die Gestalt einer Faschine hatten,
bestand, in deren Mitte sich, zum Zeichen der Gewalt über Leben und Tod, ein Beil
befand.

†) Hefner giebt das Band blau an, a. a. O. S. 163.

sprünglich auch weiß, später gelb war und der Bär vom Jahre 1475 an mit einem goldenen Halsbande geschmückt wurde. — Ein Siegel der Abtei St. Gallen, ungefähr aus dem Jahre 1200, mit der Umschrift: S. Conventvs Monasterii Sancti Galli zeigt den heiligen Gallus, sitzend in langer Kutte, mit dem Heiligenschein ums Haupt, in der einen Hand den Abt-Stab haltend, mit der anderen einem vor ihm stehenden auf-gerichteten Bären ein Brot darreichend*).

Der Kanton **Graubünden** (Grisonia, Rhaetia) zeigt in seinem Wappenschilde die Abzeichen der alten drei Bünde, nämlich drei (meist oval gezeichnete) Schilde. Der mittlere Schild zeigt in weißem Felde einen springenden schwarzen Steinbock, als das Wappen des Gotteshausbundes, welcher zum Bisthum Chur gehört und das gleichfalls dies Wappenbild führt. — Der Schild zur rechten Seite zeigt in weißem Felde das geharnischte Bild des heiligen Georg, in der einen Hand die Lanze, mit der anderen einen kleinen Schild vor sich haltend, welch letzterer senkrecht getheilt, vorn schwarz, hinten gelb, ist. Dies ist das Wappen des oberen oder grauen Bundes. — Der Schild zur Linken des Steinbocks zeigt im weißen Felde einen nackten wilden, um Haupt und Lenden bekränzten Mann, in der einen Hand ein Pan-ner, in der anderen ein entwurzeltes Tannenbäumchen haltend; zu seinen Füßen steht ein Schild, der wie das Panner folgendermaßen gezeichnet ist: Von Blau und Gelb durch ein glattes überziehendes Kreuz quabrirt; die Winkel des Kreuzes gegen die blauen Felder 1 und 4 sind gelb, die gegen die gelben Felder 2 und 3 aber blau. Dies ist das Wappen des X Gerichtsbundes. Die Schilde des grauen und des Gerichtsbundes sind überdies noch von Alters her mit einem goldenen Rande umgeben.

Der Bock war das Wappen der uralten rhätischen Grafen von Chur. Diese führten in weißem Schilde einen aufgerichteten schwarzen Steinbock, als Helmzier aber ein mit Pfauenfedern bestecktes weißes Schirmbrett, das die Schildfigur wiederholte. Dies Wappen ging später auf das Bisthum Chur, die Stadt Chur, endlich ins Kantonswappen über.

Die Wappen der drei Bünde werden gewöhnlich so abgebildet, daß drei in einander geschlungene Hände mittelst einer Schnur die drei

---

*) Vergl. unsere Erzählung bei Appenzell.

Schilde halten. — Ich fand auch den Bock allein als Wappen des ganzen Kantons.

Der **Aargau** (Argovia) wurde zur Zeit der Mediation im Jahre 1803 selbstständiger Kanton und bestimmte in jener Epoche sein Wappen folgendermaßen:

Ein senkrecht getheilter Schild. Im vorderen schwarzen Felde ein quer durch dasselbe sich ziehender silberner (weißer) Fluß, im hinteren blauen Felde drei silberne (weiße) Sterne. Der Fluß soll auf den eigentlichen, fruchtbaren, wasserreichen Aargau hindeuten, die drei Sterne aber auf die drei hinzugekommenen Landestheile, die Grafschaft Baden, die freien Aemter und das Frickthal, hinweisen. Die Sterne fand ich sechs- oder fünfeckig abgebildet. Ihre Stellung ist entweder zu 2 oben, 1 unten, oder senkrecht unter einander, oder 2 unter einander, der dritte etwas nach dem äußeren Schildesrande ausgerückt. Eine feste Bestimmung scheint hier also nicht festgehalten zu werden; die heraldisch richtigste Stellung wäre 2, 1.

Die Kantonsfarben sind, den Feldfarben entsprechend, schwarz und blau.

Als Schildhalter kommt ein alter Schweizer mit Helleparte vor, in die Kantonsfarben gekleidet.

Der **Thurgau** (Turgea) stand früher unter den VIII Orten und wurde von Landvögten aus denselben beherrscht, errang aber im Jahre 1798 seine Selbständigkeit und wurde als Kanton in den Bund aufgenommen. Im Jahre 1803 bestimmte die damalige Regierungscommission das Kantonswappen folgendermaßen: Ein schräggetheilter Schild, dessen oberer Theil weiß, der untere grün ist; in jedem Theile springt ein Löwe nach oben. Von den Löwen ward die Farbe nicht bestimmt, sie werden aber golden oder gelb angenommen. Heraldisch richtiger wäre, daß sie in verwechselten Feldfarben, d. h. der obere grün, der untere weiß gemalt würden, obwohl zugestanden wird, daß die grüne Farbe für den Leu eben nicht gerade die passendste ist.

Bei Feststellung dieses Wappens hat jedenfalls der Schild der alten Grafen von Kyburg, der einstigen mächtigen Dynasten im Thurgau, vorgeschwebt, der in Roth einen gelben Schrägbalken, beseitet von zwei gelben Löwen, zeigte. Auch die Stadt Winterthur nahm dies Wappen an, aber in geänderten Farben, der Schild weiß, Schrägbalken und Löwen roth.

Die Kantonsfarben des Thurgau sind grün und weiß. — Das Grün wird ausdrücklich als hellgrün bezeichnet.

Der Kanton **Waadt** (Canton de Vaud), welcher vorher unter Berner Herrschaft stand, erlangte im Jahre 1798 Selbständigkeit und Aufnahme in den Bund unter dem Namen Kanton Leman, erhielt dann zur Mediationszeit 1803 die jetzige Benennung und wählte sich folgendes Kantonswappen:

Ein von Weiß und Grün quergetheilter Schild, in dessen oberem weißen Felde in drei Zeilen

LIBERTÉ

ET

PATRIE

steht.

Dem Wappen entsprechend sind die Kantonsfarben grün und weiß.

Der Kanton **Tessin** trat 1803 in den eidgenössischen Bund, und ein Gesetz vom 26. Mai 1803 bestimmte das Kantonswappen wie folgt:

Ein senkrecht getheilter Schild, dessen vordere Hälfte roth, die hintere hellblau ist.

Dem conform sind auch die Kantonalfarben.

Der Kanton **Wallis** (Vallis Pennina) hat einen von Weiß und Roth senkrecht getheilten Schild mit 13 fünf= oder sechseckigen Sternen. Dieselben stehen in drei senkrechten Reihen, zu 4, 5, 4, unter einander. Die 4 im vorderen weißen Felde sind roth, die 5 auf der Theilungslinie des Schildes sind von gewechselter Farbe, d. h. vorn roth, hinten weiß, die vier aber im rothen Felde sind weiß.

Das ältere Wappen von Wallis, als das Land in Ober= und Unterwallis geschieden war und das erstere das letztere beherrschte, zeigte im senkrecht getheilten, links rothen, rechts weißen Schilde erst sieben Sterne: 3 in jedem Felde über einander und einen in der Mitte, mit Bezug auf die Zehnten von Oberwallis. Als aber mit dem Jahre 1815 beide Theile in gleiche Rechte traten, wurden die sieben früheren Sterne mit sechs neuen vermehrt, entsprechend der Anzahl der Zehnten von Unterwallis.

Das Stift Sitten führte einen von Weiß und Roth senkrecht ge=
theilten Schild, die Stadt Sitten hingegen, Hauptstadt des Wallis,
setzte 6 Sterne ins Schild, 3 in jedes Feld, woraus sich also das
Kantonswappen bildete.

Der Kanton **Neuenburg** (Neufchâtel) behielt beim Eintritte in den
Schweizerbund das alte Wappen des Fürstenthumes bei, bekanntlich das
der vormaligen Grafen von Neuenburg und Valangin, nämlich im gel=
ben Schilde einen breiten rothen Pfahl, belegt mit drei weißen aufrechten
Sparren über einander.

Ein Décret du gouvernement provisoire du Canton de Neufchâtel du 12 Avril 1848 bestimmte indeß ein ganz neues Wappen
für den jetzt völlig unabhängig gewordenen Freistaat, nämlich einen in
drei Theile senkrecht getheilten Schild. Der vordere Theil ist grün, der
mittlere weiß, der hintere roth; im letzteren (rothen) Felde schwebt oben
ein kleines weißes Kreuzlein (das Schweizerkreuz).

So wird das Wappen noch heute geführt und sind demgemäß die
Kantonsfarben grün, weiß, roth.

Der Wappenschild von **Genf** (Genève) ist senkrecht getheilt. Das
rechte gelbe Feld zeigt den aus der Spaltlinie hervorkommenden (halben)
schwarzen Adler, mit rother Krone auf dem Kopfe, rother Zunge und
dergleichen Klauen. Im hinteren rothen Felde zeigt sich aufrechtstehend
(den Bart nach oben und außen) ein gelber Schlüssel.

Wie die Geschichte der Stadt Genf die des Kantons ist, so ist
auch das Wappen beider gleich. Der Adler weist auf die frühere Reichs=
unmittelbarkeit hin, während der Schlüssel an die kirchliche Macht Genfs
erinnert. Letzterer trägt nach einigen Abbildungen die Inschrift: Post
tenebras lux (d. h. nach Finsterniß Licht).

Nachdem wir somit die Wappen sämmtlicher Kantone der schweizeri=
schen Eidgenossenschaft besprochen haben, erwähnen wir noch des 1803
festgesetzten allgemeinen Bundeswappens. Dasselbe ist nach dem
alten Wappen des Kantons Schwyz (s. oben) gebildet, wie ja auch
der jetzige Collectivname Schweizer ursprünglich nur den Bürgern des
alten Schwyz gegeben wurde.

Dies Bundeswappen zeigt im rothen Schilde ein schwebendes
weißes Kreuz, das gewöhnlich damascirt abgebildet wird. Das Kreuz

soll genau aus fünf gleichseitigen Würfeln bestehen, deren einer den Körper, die anderen vier die Enden desselben bilden. — Hinter dem Schilde ist ein grüner Eichen- und Lorbeerzweig geschrägt.

Dies **Bundeswappen** der Schweizer ist auf dem Bundessiegel umgeben von einem Kranze kleinerer Schilde, welche die in unserer Abhandlung beschriebenen Wappen der 22 Kantone enthalten, und zwar, der Reihe nach von links nach rechts gezählt: Zürich, Luzern, Schwyz, Glarus, Freiburg, Basel, Appenzell, Graubünden, Thurgau, Waadt, Neuenburg, Genf, Wallis, Tessin, Aargau, St. Gallen, Schaffhausen, Solothurn, Zug, Unterwalden, Uri, Bern.

Die 1798 unter dem französischen Directorium proclamirte, durch die Mediationsacte vom 19. Februar 1803 wieder aufgehobene „Helvetische Republik" führte die Fasces mit dem Beile, darauf ein Freiheitshut, das ganze Bild umgeben von zwei Lorbeerzweigen, als heraldisches Emblem.

Als Schildhalter zeigen die neuesten Schweizermünzen die „Helvetia", als schönes jugendliches, um das Haupt bekränztes, auf einem Steine sitzendes Frauenzimmer, in ehganschließendem Obergewande, faltenreichem, auf dem Schooße aufliegendem Untergewande, die Rechte segnend über das Land — die hinter ihr gen Himmel strebenden Alpen — streckend, mit der Linken auf den rothen Schild mit dem Kreuz gestützt. Hinter dem Sitz der Helvetia Pflug und Aehren, als Symbole der Kultur des Landes.

Druck von M. Bruhn in Braunschweig.